DISCARD

MI BARCO

Randall de Sève · Loren Long

Editorial Juventud

Un niño tenía un barco de juguete.

Lo había hecho con una lata, un tapón de corcho, un lápiz amarillo y un retal de tela blanca.

El niño amaba su barco, y nunca se separaba de él.

Se bañaba con su barco.

Dormía con su barco.

Todos los días bajaban al lago y pasaban las tardes navegando.

El niño sujetaba el barquito con un cordel y nunca lo soltaba.

Por lo general, eso al barquito le gustaba. Pero a veces contemplaba los barcos grandes que se deslizaban sobre el lago y se preguntaba cómo sería navegar libremente.

Una tarde tormentosa, una nube negra cubrió el lago.
La mamá del niño llegó para llevárselo a casa; y al agarrarlo,
el cordel del barquito se rompió.
   El niño gritó al ver que el barquito se alejaba flotando.
«¡Mi barco! ¡Mi barco!»
Pero no podía hacer nada.

El viento y la lluvia empujaron el barquito
hacia las aguas profundas. Allí cabeceó sobre
las altas olas coronadas de espuma.

Al cabo de un rato, un remolcador blanco y verde con una fila de viejos neumáticos atados a cada costado pasó resoplando. Sus ventanas parecían ojos cansados y parecían decir: «¡Muévete!», mientras con su estela echaba el barquito a un lado.

El barquito se esforzaba tanto por mantenerse a flote,
que casi no vio un ferry gigante que se le acercaba.
El ferry tenía dos banderas y una chimenea, y una sirena
que rugía: «¡Muévete!».

Una ráfaga de viento desvió el barquito de juguete justo a tiempo.

Una lancha pasó a toda velocidad. Era plana y ligera,
tenía unas llamas en los costados y su motor gritaba:
«¡Muévete!». Su rastro agitó la vela del barquito.

El barquito se sentía pequeño y asustado.
Se desvió hacia una flota de veleros
que regresaban corriendo para escapar de la lluvia.

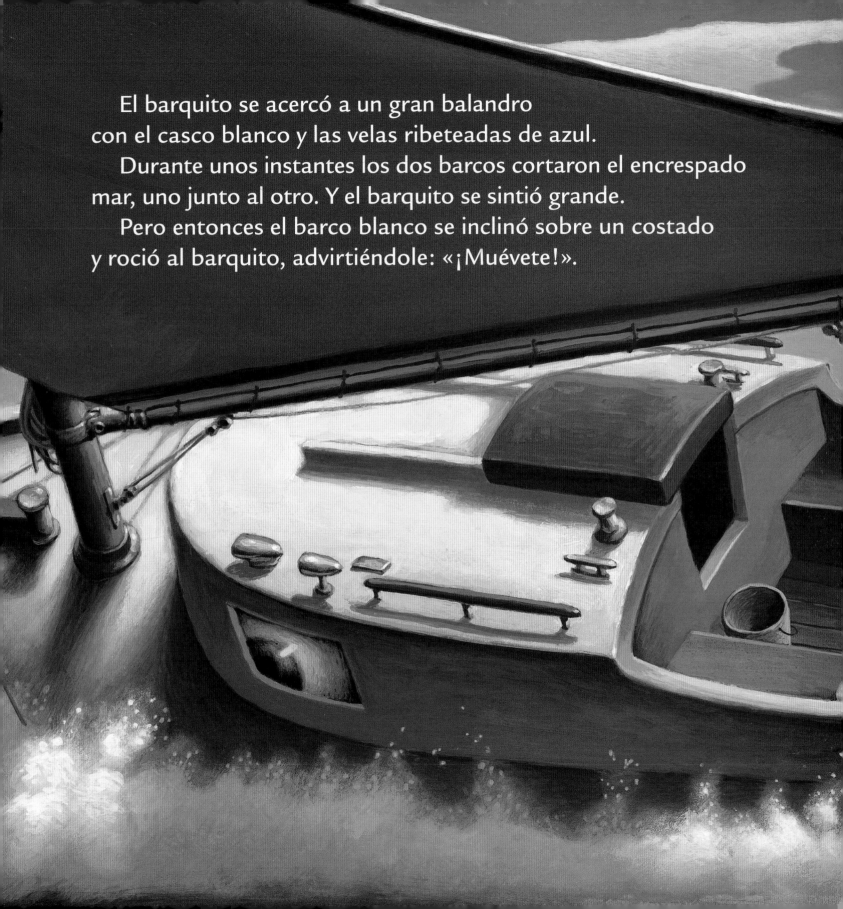

El barquito se acercó a un gran balandro
con el casco blanco y las velas ribeteadas de azul.
    Durante unos instantes los dos barcos cortaron el encrespado
mar, uno junto al otro. Y el barquito se sintió grande.
    Pero entonces el barco blanco se inclinó sobre un costado
y roció al barquito, advirtiéndole: «¡Muévete!».

Con el casco casi lleno de agua, y la vela empapada,
el barquito parecía a punto de hundirse.
¡Cómo echaba de menos al niño!

El barquito fue a la deriva toda la noche,
solo y asustado bajo la luna amarilla.

Pero entonces, de madrugada, se oyó:
«¡Tuuu! ¡Tuuu!».

Era un humilde barco de pesca que
se adentraba en el lago. Su pintura se
estaba agrietando, y las abolladuras en sus
costados decían que también sabía qué
era sentirse apartado por todos.

El barco de pesca observó al barquito
de juguete y con mucho cuidado empezó
a trazar círculos a su alrededor. Y al hacerlo,
ocurrió algo maravilloso.

El barquito también empezó a dar vueltas, y una suave
brisa hinchó su vela. Pronto estuvo navegando junto al
barco de pesca. ¡Y el barquito de juguete se sintió fuerte!
«¡Estoy navegando de verdad!», gritaba al viento.

Se sintió tan bien, que no oyó el motor del barco
de pesca al alejarse. No vio la playa de piedras ni tampoco
el pequeño embarcadero en la orilla cercana.
   Ni siquiera vio al niño.
   No lo vio hasta que el niño gritó: «¡Barco! ¡Barco!».
   El barquito agitó su vela con entusiasmo.
   El niño le contestó saludando con la mano.

Esa noche se bañaron juntos.

Durmieron juntos.

Y al día siguiente bajaron juntos al lago. El niño llevaba el barquito sujeto con un cordel y de vez en cuando lo dejaba ir. Pero el barquito siempre volvía. Ahora sabía realmente dónde quería estar.

Para Pauline y Fia, con cariño – RdS
Para Tracy, Griffith y Graham – LL

Título original: TOY BOAT
© del texto: Randall de Sève
© de las ilustraciones: Loren Long
Publicado con el acuerdo de Philomel Books,
un sello de Penguin Young Readers Group,
del grupo Penguin (EE.UU.)

© EDITORIAL JUVENTUD, S. A., 2008
Provença, 101 - 08029 Barcelona
info@editorialjuventud.es
www.editorialjuventud.es

Traducción castellana: Teresa Farran y Christiane Reyes
Primera edición, 2008
Depósito legal: B. 8.440-2008
ISBN 84-261-3657-2
Núm. de edición de E. J.: 11.048
Printed in Spain
A.V.C. Gràfiques, Avda. Generalitat 39, Sant Joan Despí (Barcelona)